名家美术高考改优示范系列之二

名家韩忠国色彩改优

HANZHONGGUOGOUACHEPAINTINGCORRECTIONS

编 著／韩忠国
AUTHOR／HAN ZHONGGUO

吉林美术出版社
JILIN FINE ARTS PRESS

BRIEF INTRODUCTION OF WRITER
作者简介

韩忠国　出生于1973年，1994年毕业于吉林艺术学院，现为吉林省美术家协会会员。2001年创办了"韩忠国美术工作室"(TEL：13089386290)，为全国高等艺术院校输送了大量的优秀人才。其作品曾在《当代写实水粉静物》、《精彩美术作品手册》等20多部书中发表，并主编了《美术高考掌中宝——素描静物》、《美术高考卷面标准——素描头像》、《精彩美术作品手册——色彩静物》等画册。

　　色彩绘画又称色彩的造型，指的是色彩写生是以形和光的造型形式用色彩的品格表现出来，色彩不是附加在物体造型之外的因素，色彩应该依形体的变化而变化；同时色彩还具有明度、饱和度以及冷暖特性，更增加了造型和光线的真实性。因此色彩绘画又是色彩的造型。

　　静物色彩写生要点：

　　1.构图完整，能充分表现出静物主题的美感。使画面有节奏、有韵味。色彩写生要强调色彩的块、面布局合理，形体结构的构图要讲究静物的整体形体变化，黑、白、灰相互间的位置，大小变化。如形体和色彩安排不当，不仅使画面落于平庸，也会给以后色彩再现设置许多障碍和困难。

　　2.要有坚实的素描基础。色彩和形体的塑造是紧密结合的。但最终色彩写生应该表现出真实可信的形象，为此色彩绘画必须要有扎实的素描功底。

　　3.色彩整体的结构关系要得当。即各个色彩之间的饱和度、明度以及色相上的冷暖关系的对比须合理、恰当，既鲜明又互相渗透调和。

　　4.须把握好整体色调。有了恰当的色彩关系才能形成完美的色调，也只有控制好色调才有利于处理好各种色彩关系。初学者要观察好静物、模特儿的整体特性，注意画面中冷暖两大色区的对比，以其中一方占优势去处理好画面整体色调。

　　5.传神，也就是要求静物色彩写生应较好地表现出一定情调，即静物写生表现因素。这就要求：①要合理设计好静物组合中各个静物、模特儿的形象以及其整体构成形象，即静物组合的整体面貌。②必须掌握和运用好色调的情感作用，以及相应的表现技法。只有这样，写生作品才能更好地表现出主题的气氛。

韩忠国
2004 年 5 月

学生作品 ①这幅画面色调较为明快，黄色液体瓶在用笔、用色上都很漂亮，但因明暗关系画得不足而缺少体量感。

②白衬布上的黄色用得过多，缺乏冷暖对比。

改优作品 ①对白衬布平、立面颜色在大关系上进行了区别，平面的偏冷与背景的红、紫形成了对比，增强了画面的空间效果。

②加强了黄色液体瓶的明、暗对比，增加其体积量感。

③深入刻画和塑造红衬布与水果。

学生作品

　　这名学生在色彩上感觉较好，画面色调明快、和谐，色感较透亮，但在物体的形体结构认识与用笔塑造的方法上有欠缺。如：

①水果明暗交界线的形状与位置画得模糊，笔触也不够肯定。

②大面积平涂背景上的黄颜色，用色简单，缺少变化。

改优作品

①强调水果的明暗交界线，如画面前面的红苹果。

②调整黄衬布，将背景的色彩明度降低，并注意色彩变化。

③调整红衬布的形，形应随坛子的形而变化。

学生作品

　　学生在练习色彩时常出现的毛病就是往往只考虑物体固有色,而忽略色彩中的光源色与环境色对静物的影响。如这幅作品中:

①花瓶受光部由于缺少光源色"冷"的影响,而没有表现出陶瓷的质感。

②绿衬布用色单一、缺少变化。

③水果由于没有考虑绿衬布对它的影响而显得孤立与概念化。

④背景左侧较空。

改优作品

　　我们在学习水粉画时要练习用笔技巧的多样化,如改优后花瓶高光与亮部冷颜色用笔"扫"的方法,增强了花瓶的陶瓷质感。

学生作品

①画面中在用笔、用色上都没有很好地归纳、统一，致使背景色彩用得"花"，破坏了空间感。

②茶壶与盘子的颜色孤立，在色彩上没有将其建立在环境中。

③水果塑造不充实。

改优作品

①降低背景颜色的纯度与明度。

②增强前面黄衬布色彩的纯度与明度。同时画出黄衬布前后色彩变化，前面冷黄与背景的暖橙形成对比。

③充实茶壶、盘子中的环境色，加强画面中物体投影的紫色倾向，与画面中黄色调形成补色关系。

④对水果颜色深入调整，达到画面色调统一。

学生作品

　　这幅学生作品画面色调对比强烈、响亮，对静物的塑造能力较强，用笔自然、大方。不足之处：

①蓝衬布上用笔过碎。

②光源不统一，蓝衬布左右两侧没体现出光源变化，较"花"。

③没有画出不锈钢锅的质感，且形体塑造不结实。

改优作品

　　注意用笔用色方法，如不锈钢锅与酒瓶高光用笔"扫"出的效果。在用色上，通过强调不锈钢锅两侧色彩的冷暖对比，增强其质感效果。

学生作品

①画面深入
表现能力不
够，精彩的
部分没有画
出（如酒瓶
的质感，前
方水果和青
椒画得不够
精彩）。

②桌面上衬
布的前后关
系没有建立
起来，显得
略"花"。

③绿衬布塑
造感不充实。

改优作品

①调整桌面
上衬布的前
后关系，增
强桌面白、
灰衬布的前
后冷暖对比
以及蓝衬布
前后的明暗
关系，充实
其空间感。

②对主体物
酒瓶与前方
橘子、青椒
进行了深入
刻画，突出
画面的主次
关系。

③对绿衬布
进行了明暗
面的形体塑
造，增强其
立体感。

学生作品

①画面色彩较为明快、跳跃，背景湿画法处理得较好。但紫衬布上的用色显得过"冷"，在画时应考虑到红布在紫布上所反应出的补色关系。应增加紫布上"绿"色的倾向。②红衬布与两个红苹果的颜色较简单，且果盘的透明感没有表现出来。③高脚杯、可乐瓶的透明部分表现得过于简单。

改优作品

①将紫衬布在明暗与大冷暖关系上进行前后区分，桌面上紫衬布中的蓝绿倾向与红衬布颜色形成对应的补色关系，即调整了画面过冷的色彩倾向。

②注重刻画水果、可乐瓶及高脚杯，并且不同质感的物体采取不同的用笔技巧，如：表现出水果结实与塑造感的"摆"法，表现出透明体的"扫"法等。

① 白衬布的明度不够,用色较单一,且过暖,没有同蓝色联系起来画,缺少环境色。

② 构图较散,物体相互间缺乏联系,应适当用布褶去组织画面。

③ 画面中物体的投影画得简单、缺少变化,碗和水果刻画不够深入。

改优作品

学生作品

①画面中色彩用得较为简单，黄布与蓝布色彩缺乏联系。

②水果用色上较概念化。

改优作品

主要将画面中色彩从对比与统一两方面去考虑和调整。

①在对比上强调坛子的偏紫色，使其与黄衬布颜色形成对应的补色关系。

②从统一色调方面考虑，在黄衬布褶的暗部颜色中应多考虑环境色的成分，使之偏于"绿"的倾向，能够与蓝衬布颜色相统一。

③将画面中红苹果颜色提纯，使其偏红橙色，与画面中大面积蓝色形成强烈的色彩对比，这样便激活了画面色彩。同时，对其他水果也作了相应的调整。

改优作品

我们在水粉画练习中要多注重用笔方法，如通常用笔方法是一笔一笔地去"摆"，笔笔见笔触，这样在绘画时很容易理解物体的形体塑造规律，也能表现出物体结实的塑造感。如这幅作品：

①用笔上较柔弱，笔触相互间画得含糊，如画面中的坛子与水果的塑造就不够结实。

②画面中黄色水果与黄衬布上用色较雷同。

③背景的颜色有点亮，没有将空间拉开。

改优作品

①使背景蓝色偏紫并且降低其对比度，这样与黄布形成了相应的补色关系，增强画面的响亮度。

②降低水果周围黄衬布上色彩的明度，从明度与色相两方面对黄色水果与黄衬布进行了区分。

③要充实画面内容，重点对花瓶与其旁边的茶杯深入刻画。

我们在画水粉画时要多注重用笔方法，"扫"的用笔表现方法如用在恰当的物体部位上可以增强画面肌理效果与表现力（如用在陶瓷与透明体上）。反之，画面中到处都去用笔"扫"（比如这幅作品），就会显得"干、涩"，特别是失去了水果湿润感的表现力。

改优作品

在这里注重了水果色彩的刻画，如强调了红苹果与柿子上的红橙色纯度，使之与画面中大面积的蓝色形成强烈的色彩对比，整个画面的色彩也就跟着活跃起来。

这幅作品用色明快、响亮，苹果、花瓶较为精彩。不足之处：

①背景红布较"花"。

②蓝衬布画得简单，未概括布褶的形体，且未区分前后空间。

改优作品

①统一背景红衬布，注意：背景的布褶起伏不宜画得过强，否则就会争抢前面的主体物。

②对画面中的物体也作了适当调整，使其统一到画面色调中去。

③加强蓝衬布的前后、明暗对比，充实其空间感。

学生作品

①用笔过于干涩。

②白衬布立体感没有画出来，且冷色用得过多，缺少相应的暖色与之对比。

③花瓶与水果在塑造与刻画上不够深入与精彩。

注意：通常我们在用笔时需掌握好颜色的干湿度，一般用笔时颜色不宜太干，过干就会涩，例如此画。但也不宜过湿，否则会影响水粉颜料的覆盖力。

改优作品

①调整白衬布颜色，将其提亮。同时注意前后颜色的区分，增加其黄绿色倾向，使之与红衬布形成对应补色关系，这样粉红衬布即被衬出。

②加强水果明暗面对比，增强其体量感，并且深入刻画坛子与水果。

画面较平，物体缺少塑造感。主要是：①花瓶明暗关系画得较弱，明暗交界线没有肯定地画出来。②用笔单一。在练习水粉画时，用笔上要多用"摆"的方法，一笔一笔地将物体塑造起来，如改后作品。③花瓶、白杯、白瓷盘以及高脚杯用色雷同。在绘画时需注意区分。

改优作品

①降低大红衬布的明度，与白色静物相对比。
②肯定花瓶、水果的明暗及用笔。
③丰富花瓶上的环境色，使其统一到画面的色调中。
④深入刻画盘子上的水果与花瓶，以突出其主体地位。

学生作品

①画面中绿衬布的颜色较"脏"，且前后色相雷同，影响画面空间与整体效果。

②此学生绘画深入能力差，绘画时，应对画面中每个部位、每一物体都要认真对待，特别是主体物要精细。画面中要有精彩之处才能吸引人。如这幅作品应将水果与砂锅画得精彩些。

改优作品

学生作品

①作品中的重颜色画得不足，整体画面感觉"飘"。

②画面的前后空间没有建立起来。

③水果画得不透亮，较脏。

④橙汁瓶的形体没有塑造起来。

改优作品

①加强画面中的重颜色（如加重水果投影与绿衬布暗部）。

②对白、绿衬布的前后从明暗、冷暖方面进行对比处理，增强画面空间感。

③增加了橙汁瓶上的环境色绿色，使之与环境联系起来，这样橙汁瓶的色彩也就推到后面去了。

④对水果进行了深入刻画。

学生作品 ①画面中物体的明暗关系画得不充实，整个画面显得"飘"、"灰"。②物体都画得过于简单，画面中缺乏精彩的部位。③在用笔、用色上都较单一，且用笔略碎。没有将坛子左右方蓝衬布的形体统一、概括起来。

改优作品 ①用大笔触将整个画面蓝衬布的前后左右大关系建立起来（注意蓝衬布前后色彩的冷暖变化）。②加重物体暗部重颜色，增强其画面的重量感（如加重坛子、蓝衬布的暗部及水果的投影等）。③对坛子前方的橘子、葡萄进行了精彩的刻画与表现。

22

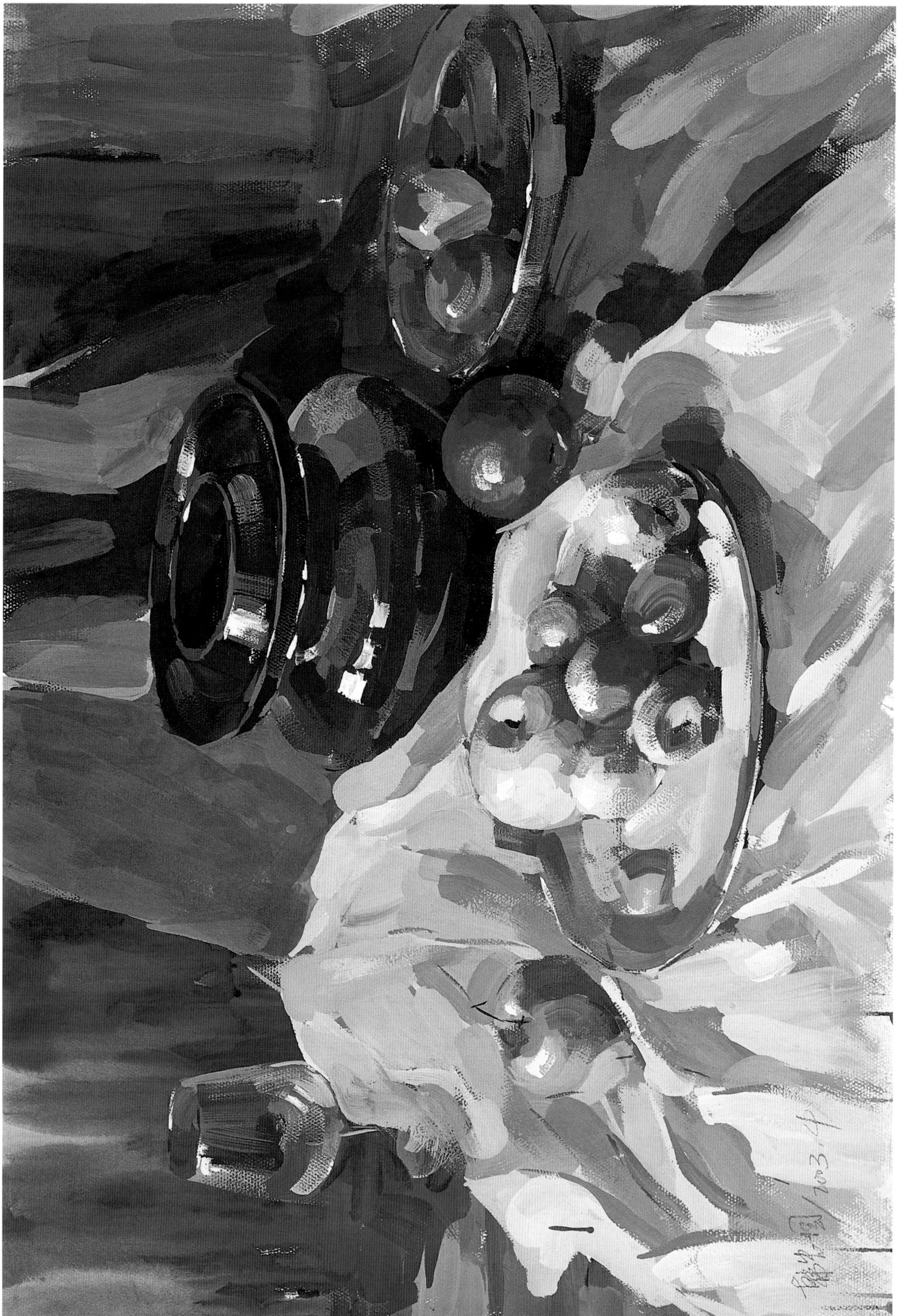

韩忠国色彩作品范作